나 어릴 적에

어르신 이야기책 _015 그림책

나 어릴 적에

초판 1쇄 발행일 2023년 2월 20일

그린이 낙송재
펴낸이 이원중

펴낸곳 지성사 출판등록일 1993년 12월 9일 등록번호 제10-916호
주소 (03458) 서울시 은평구 진흥로 68, 2층
전화 (02) 335-5494 팩스 (02) 335-5496
홈페이지 www.jisungsa.co.kr 이메일 jisungsa@hanmail.net

© 낙송재, 2023

ISBN 978-89-7889-526-2 (03810)

나 어릴 적에

낙송재 그림

지성사

이 책은 『누렁이』(김택근, 중간글 213)에서

그림만을 간추려 꾸민 '그림 에세이'입니다.

이야기 하나는

폐병을 앓는 아버지의 약으로

개구리를 잡으러 나서는 이야기입니다.

과연 아버지는 폐병을 기적처럼 이겨낼 수 있을까요?

이야기 둘은

한여름, 소나기에 얽힌 이야기입니다.

논일하는 아버지께 새참을 가져다준 뒤,

갑자기 하늘이 쩍쩍 갈라지며 내리치는 천둥 번갯불에

혼비백산, 검정 우산을 팽개치고 냅다 뛰지만

자꾸만 검정 우산이 뒤따라옵니다!

이야기 셋은

고집은 세지만 순하디순한 누렁이의 이야기입니다.

듬직한 누렁이가 언제부턴가 이상합니다.

곧 누렁이와의 이별이 다가오는 걸까요?

각 쪽에는 그림과 어우러진 한 줄 글만 있을 뿐,

이야기를 꾸미고, 또 상상하는 것은 모두

어르신 당신입니다.

어르신께서 그림을 보시면서 느끼는 감정,

지난날의 추억을 글이나 그림으로

자유롭게 표현하실 수 있도록 여백을 두었습니다.

이 책은 어르신이 직접 꾸미는

어르신만의 '이야기책'입니다.

이야기 하나

폐병 앓는 아버지, 개구리가 좋다는데……

"왜앵~ 왜앵~ 왜앵~."

땅벌 집을 건드려 떼 지어 날아드는 벌들

이러다 우리 아들 죽겠네!

그래도 개구리잡이, 포기할 수 없어!
아버지, 꼭 나으세요

이야기 둘

논일 나간 아버지께 새참 갖다 드리렴

검정 우산 옆구리에 끼고 논둑을 걷네

아버지, 햇볕이 따가우니 우산 쓰세요

답답해, 너나 쓰거라

검은 구름이 삽시간에 몰려오고

"우르릉 쾅쾅 쿠르르르~~~"

천둥 번개 치고 세차게 퍼붓는 소나기

비 그친 하늘,

얼굴 위로 쏟아지는 눈부신 햇살

이야기 셋

털색이 유난히 누레서 붙인 이름 누렁이

누렁이와 함께 강둑에 나가

누워서 하늘을 보다가 스르르 잠이 드네

앗, 누렁아! 한참 찾았잖아

이랴~ 이랴~!

어디가 아픈지 누렁이가 꼼짝도 안 하네

아무래도 누렁이를 잡아야겠군

뒷짐 진 아버지 손에 들린

누렁이 코뚜레……

스스로 읽는 성취감, 스스로 완성하는 글짓기, 어르신 이야기책을 소개합니다!

　도서출판 지성사에서 어르신들의 인지 기능을 활성화할 수 있는 우리나라 대표 문인들의 작품을 모아 큰글자책 〈어르신 이야기책〉을 펴냈습니다. 이 시리즈는 어르신들의 집중도에 따라 책을 선택할 수 있도록 글의 수준이 아닌, 원고 분량으로 나누었습니다. 긴글(70~120매), 중간글(40~70매), 짧은글(40매 미만) 그리고 그림책입니다.

　〈어르신 이야기책〉은 어르신들께서 쉽게 책 한 권을 완독하는 성취감을 느끼게 해줍니다. 우리나라 대표 문인들의 작품이라 문장의 완성도 또한 높습니다. 무엇보다 회상작용이 일어날 수 있는 소재의 작품들로 구성되어 있어, 어르신들의 인지 기능 활성화(치매 예방)에 큰 도움이 됩니다.

　특히 그림책에는 두 가지 기능이 있습니다. 첫 번째는 집중도가 떨어지는 어르신들이 그림에 곁들인 한 줄 글을 마중물 삼아 당신의 기억 속 이야기를 말씀할 수 있게 유도합니다. 두 번째는 문해학교 등에서 어르신들이 스스로 글을 짓는 데 활용됩니다. 그림책에는 그림과 한 줄 글이 제시되어 있고, 여백이 있습니다. 어르신이 직접 글을 지어 채우는 공간입니다. 글을 완성한 후 표지에 이름을 적어 넣으면 세상에 한 권뿐인 어르신의 책이 완성됩니다.

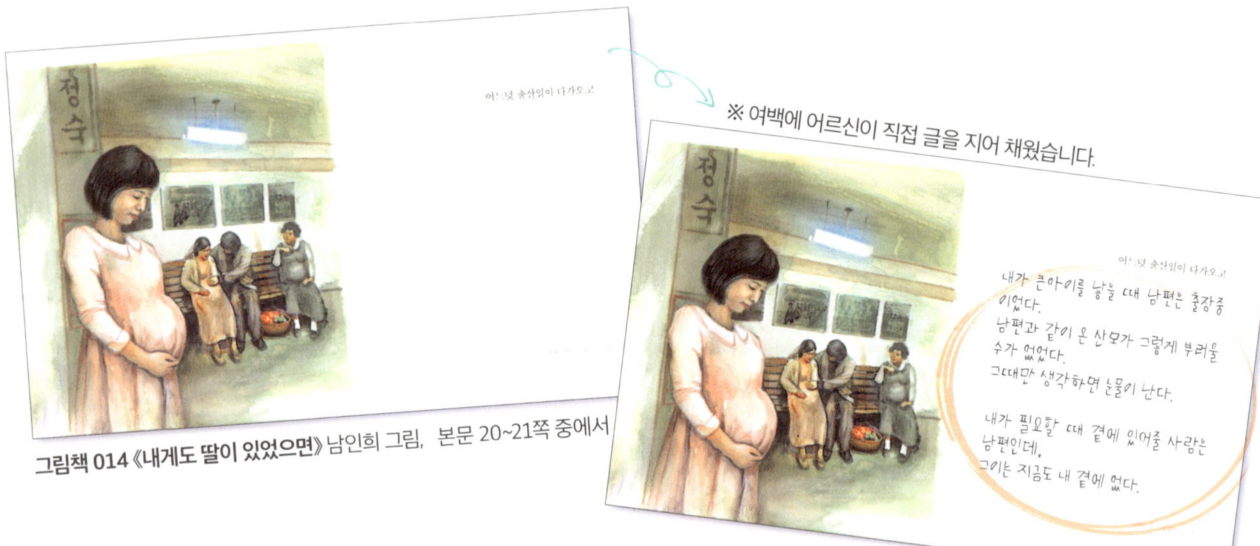

그림책 014 《내게도 딸이 있었으면》 남인희 그림,　본문 20~21쪽 중에서

※ 여백에 어르신이 직접 글을 지어 채웠습니다.